JN164504

［俳句とエッセー］

犬のいた日

陽山道子

俳句とエッセー　犬のいた日

目次

干し柿　5
石蕗の芽　6　山菜　7　山帰来の花　8　芋茎　9
心太　11　柿　12　里芋　14　栗の実　15
焼き芋　16　干し柿　17　新巻き　18　餅つき　19
カルメラ焼き　21
俳句　窓開けて　23
白樺　35
みかんの花　36　文旦の花　37　露草　38　百合の花　39
木天蓼　40　月見草　41　糸瓜　43　花芒　44
数珠玉　45　紅葉　46　白樺　48　剪定　50
冬木　52
俳句　しおかぜ五号　55
メダカ　67
蟷螂　68　メダカ　69　雛鳥　71　蚯蚓　73　河鹿蛙　75

蛙 76
蝙蝠 77
綿虫 79
秋の虫 80
犬 83

俳句 晩秋 87

ドライブ 97
花・花 98
春耕 100
筆箱 102
新学期 104
梅雨 105
蜃気楼 106
清水 108
寝茣蓙 109
雲海 110
日焼け 111
浴衣 112
涼み台 113
流れ星 114
霧 116
秋彼岸 118
秋の日 120
秋の海 121
暖を取る 122
肩掛け 123
年用意 124
氷 125
陶芸 127
車 130
時計 133
父のこと 135
一週間日記 139

俳句 冬銀河 143

わたしの十句 149

あとがき 160

干し柿

石蕗(つわ)の芽

日差しが暖かくなった斜面の草むらで、石蕗の株の根元から、綿毛に包まれて赤紫の芽が覗いている。その芽を故郷（愛媛）では石蕗の子という。十四、五センチくらいまでは丸々、むっくりと綿毛を付けたままだ。その芽を抜き取って軽く茹でて薄皮を剥ぎ水に放つ。水分を切り油で炒め、味醂と醤油で味付けする。蕗のような強い香りはしないが、もっちりとして柔らかく子どものころからの好物だ。最近、スーパーなどでも売られるようになったが、伸びすぎていて丸々としていないのが不満。だけど見かけると必ずその季節に一度は食べる。

山菜

蕨、薇、蓬、嫁菜、野蒜、石蕗の子、クジュ菜（臭木の芽）などと連ねるとドキドキしてくる。子どものころから春先の苦い味のものがなにかしら好きで、特にクジュ菜の匂いと味は特別な大人の味。これらの山菜を採るのは子供の仕事でもあったから、あちこちの山に出かけて摘んでくる。目当ての所へ行くともう誰かに摘み取られたあと。垣根はないがそれぞれの山には持ち主がある。家族以外の人が採るはずがないのにドロボーの仕業だとくやしい思いをした。

　十年ほど前、宮崎から熊本まで車で走ったとき、高千穂の「道の駅」の斜面で見つけてしまったのだ。蕨を。そしてアッあそこ、ここと夢中で両手いっぱい蕨を摘んでから、わたしもドロボーしていたことに気が付いた。

山帰来の花

山帰来の柔らかくて大きな葉っぱを摘み取り「柴餅」を作る。故郷などでは柏の葉が手に入らないので、山帰来の葉が使われる。因みに柏の葉で包むと柏餅になる。葉っぱを採るのは子供の仕事だったので、棘のある蔓を藪の中から引っ張り出し使えそうな葉っぱを採る。五、六十枚くらいは採っただろうか。葉っぱを採るのも芝餅も楽しみだった。

俳句を作るようになってから、「山帰来の花」が季語だと知った。かつては葉っぱは目に入っても白くて小さな花が目に入らなかったし、生け花などに重宝される赤い実なども気にしていなかった。まさに「花より団子」である。

芋茎（ずいき）

「ツユイモの葉っぱに露が溜まってるから採っておいで」と母の声。芋茎のことを田舎ではツユイモと呼んでいた。一メートルほどの高さで薄いグリーンの茎と六十センチほどの葉をつけて五株ほど、ちょうど蓮の葉が茂っているように畑の片隅にあった。朝早く行くとその葉っぱの中心に露が溜まっている。それを集めて墨を摺り七夕の短冊を書く。この露で文字を書くと上手になるというので、ずっとそうしてきたがあまり効き目はなかった。

一日がかりで一本の竹に短冊や半紙や色紙で細工物を作って飾り付け、一階の屋根よりも高い竹を軒先に括り付け、西瓜や胡瓜、梨、トマトを供える。それから今年はどんなに新しく珍しい飾り付けをしたのか友達の家を偵察する。子どもたちにとって夏の楽しいイベントだった。

ツユイモの茎は薄皮を取って酢の物にして食べた。後に赤紫の芋茎を店頭で食用として売っているのを見て驚いた。赤紫色のものは里芋の茎で、芋だけを食べその茎や葉は牛の餌だったから。芋茎の和え物、煮物など珍重されているらしいが、一度も買って食べたことはない。

心太（ところてん）

夏になると「テングサ」で「心太」をよく作っていた。その「テングサ」は自分たちでは採りに行かず近所の「のらくれ」の人たちを当てにしていてのことだった。「のらくれ」とは「のらくら者」「なまけ者」という意味だが、農作業の合間に魚釣りや貝掘り、テングサ採りなど何かにつけ、よく遊ぶというか今でいうと「時間があって暮らしを楽しむ」人たちを指していう。

親たちがそんな風に揶揄したのは、仕事に明け暮れている自分たちと比べて羨ましかったからだと思う。夜明けから暗くなるまでよく働いていたから、そう揶揄しながらもおすそ分けを楽しみにしていた。そして手先の器用な祖父のお手製の「心太突き」で、心太を固めて棒状にしたものをギュニュギュニュと突出し、母の煮大豆入りのだし汁で食べた。父は酢醤油で食べるのも好んだ。しっかり冷やした心太は何杯でもお替りできた。

柿

柿の実が熟すころになると、学校の帰りにはきまって柿畑に寄り一番早く熟れだす百目柿の木に登って食べた。色ずき始めた柿を採るがひと齧りして渋ければ捨てまた違う柿を齧る。お風呂の後も傍にあるツメトギリの柿の木に登り、月明かりの中で齧る。柿の木は二階ほどの高さだから登らなければ採れない。

たくさんある富有柿は市場に出すから手を出さない。家の畑にある柿の木でなければ手を出さないのは、きちんと消毒をしてあるから毛虫やイラガ虫が居ないので刺される心配がないから、夜でも安心して木に登れる。大事なタダで食べられるおやつだったが、今では買って食べる。

四年ほど前、連れ合いが柿の木を植えたいと言い出した。地植えできるほど庭は広くないので柿の木二本と植木鉢を二つ買ってきて庭で育てている。いつものことだが連れ合いは言うだけで、最初植えるときだけ手伝ってくれたが、水やりひとつしない。柿に実をつけると写真をパチリと撮り、熟しだすとまたパチリ。柿を剥けば食べてはくれる。でも「なんなのよ」とも思う。

今年もたくさん花をつけたと喜んでいたがジューンドロップでどんどん花が落ち、それでも十三個の実が残った。いつも実は小さいが大切に食べる。

里芋

先日、実家で「母の芋煮」を食べてきた。九十一歳の父と八十八歳の母が健在なのだ。まだ人の手を煩わせることなく暮らしている。帰省するたび私たちの食事を作り夜具を出して待っていてくれる。「なにもご馳走はないよ。田舎だから、こんなものしか作れないし」、「これが最後かもしれないよ」と言いながら。

食事の後片付けをしようとすると、「いいよ、せんでもいいよ」と言う。さすがに足の悪い母に気兼ねして後片付けはする。座ってしゃべって食べて飲んで、そのために帰省する。なんだかほんわか里芋になった気分。

栗の実

遊歩道の散歩コースに一本のひょろりとした山栗の木がある。犬との散歩でその花や青栗の成り様を確かめたりする。その実が落ちるころ、薄暗い夜明け犬を連れて行くと、あるある遊歩道だけでなく竹藪にも落ちている。藪蚊に刺されながらも拾う。とても小さいがその嬉しいこと。

子どものころの栗拾いでは栗の毬を両方の足で押えハサミでひょいと栗の実を取り出す、そんなことを思い出しながら拾う。親指ほどしかない栗の実の皮を丁寧に剥ぎ、栗ご飯をその秋三回ほど炊く。栗の皮を剥くのは指が動かなくなるほど痛くてきつい作業だが、栗ご飯を食べたい一心で止められない。

焼き芋

いい匂いがしてきた。そろそろ食べごろ。ここ最近一人の昼食は焼き芋にすることがある。無水鍋にアルミ箔をしき芋を並べ蓋をする。あとはいい匂いがしてきたら出来上がり。触ることが出来ないくらい熱く、ほかほかの焼き芋が出来上がり牛乳と塩で食べる。

先日、連れ合いといっしょに出かけたとき、焼き芋の匂いに惹かれてどうしても食べたいと言い出した。家で焼く方が絶対おいしいからと反対したが、三百五十円も出して一本買ってしまった。一本だけだったので帰ってからすぐに挑戦。我が家での焼き芋と味比べした。我が家の焼きたてと焼いてから時間の経ったものを温めたお店の焼き芋では差があったのはいうまでもない。

干し柿

　夕食が終わると父が採ってきた渋柿の皮を剥く。膝の上にナイロン風呂敷を広げ、積み上げてある柿を手にする。ひやりと冷たい。いくつもいくつも剥いていいるうち、だんだん手が悴む。悴んで手も包丁も柿渋で真っ黒になる。とても少女？の手と思えない。弟たちは小学生なので傍らでマンガを読み、私と姉、父母、祖父の五人で作業をする。祖父は縄を輪にしたものに柿を十二個づつ挟み込む。お茶を飲んだりおしゃべりしたりしながら二時間ほど剥いて終わる。

　朝、それを軒下に吊るして干し上げる。その柿がえんじ色になり甘くなるころ待ちきれず盗み食いをしたりした。それらは「正月の年取り」用として裏白の葉、鏡餅、橙、干し柿が三方の上に飾られ、元日の朝に盛装して登場した。

新巻き

年の瀬が近付くと、大きな風呂敷包を背負った「薬屋さん」が家々を訪ね歩き、去年の古い薬と今年の新しい薬を取り換えに来た。子どもの居る家には六角形の紙風船をプレゼントしてくれるので楽しみな越中富山の薬屋さんだった。いわゆる置き薬（家庭薬）の仕組みを、この人たちが日本中に広めた。

富山を旅した折に、そんな薬屋の資料館で見覚えのある懐かしい品々に出会い、マップを手に街を歩いていると、店の軒先に見たこともない形の物が十本ほどぶら下がっている。ちょうど小雨だったので透明のナイロンを掛けてあったが、近づくとそれは新巻きだった。ガラス戸越しに覗いた店の中にも数十本の新巻きが吊り下げてあり壮観な風景でしばらく見惚れていた。誰かとこの風景を共有したかったが生憎の一人歩きでカメラに収めただけだった。少し冷たい雨もなんのそのワクワクしながら歩いた。

餅つき

　年末になると新年を迎えるために餅をつくのだが、正月用として少しだけつき本格的な餅つきは旧正月のころの寒の餅。前日からもち米を水に浸したり、唐黍、粟や蓬や色粉、餅臼、杵、特製の竈、せいろ、もろぶた（食べ物を並べ入れ何層にも積み重ねられる木の箱）、莚などを用意し、朝三時ごろから米を蒸し始め、家族はもちろん、近所の人たちの手も借りて午後三時ごろまで餅つきをした。

　子供たちは餅を丸めたり、もろぶたに入れて運び莚の上にきれいに並べ、いっぱいになると莚を五、六段に重ねた。これらの餅は乾いたら寒の水に漬けて保存食となった。もちろんあん餅やかき餅、つきたての餅に黄な粉をつけて食べたりしたが、なんといっても嬉しいのは、日頃と違う大勢の人との共同作業が楽しいことだった。ほどなく餅つきは臼から機械つきになり、保存食としても不要になり、人手もそれほど必要とせず、家族だけでつくようになった。

餅はご馳走の一つでもあったが、夏ごろまで食べる保存食でもあり、高校野球の放送を聞きながら、少し酸っぱくなった餅を焼いて食べるのは少し苦痛だった。

カルメラ焼き

戦後間もない田舎の暮らしではラジオや雑誌から町の文化を学んだ。私の住んでいたのは都会からは遠い農村地帯だからサラリーマンなども少なく、母たちは農協の婦人部でしきりに講習会を開き「文化的な暮らしや料理」を学んでいた。地域の人々はこぞって新しい文化を取り入れようと交流し、講演会なども開いた。そんな母たちだが作る料理は相変わらず醤油、味噌、酢、油などを使ったものが多くて、手に入りにくいバターを使ったものはなかった。

そんな時、小学校の女先生の子どもと仲よくしていたので遊びに行くと、カルメラをご馳走になった。砂糖や飴やチョコレートなど甘いものは苦手だったが、このカルメラの匂いと見ているうちにプーと膨らむさまは興味津々だった。見よう見まねでカルメラ焼きに挑戦もしたが、いくら焼いてもうまく膨らまなかった。ほうれん草はお浸しや胡麻和えが定番だったので、バター炒めのほうれん草が出てきたときはカルチャーショックでたくさんお替りしてしまった。そんな風にしてわたしは新しい文化を学んだ。

窓開けて

初春の手帳に印す赤い丸

立春の窓辺に青い砂時計

おりおりに触れて叩いて二月の木

東風吹いて日本のリケジョ立ち上がる
近江の海眩暈のように牡丹雪
近江の海カンザキハナナ風になる

百歳を背筋正して紙の雛

芽吹き山遅々と進まぬ女たち

揚げひばり今日は家族を置いてきて

春泥を来て少年のふくら脛

柳絮飛ぶ北の大地のそこに飛ぶ

校庭の一本桜の大舞台

朝桜遠くの海を抱え込む

春の昼ドーナツの穴鼻の穴

みんなして木魚を叩く法然忌

正ちゃんの純情がいく蛍烏賊
うららかや大の字に寝て山の天辺
春野ですあの人この人遅刻です

春の日の大阪梅田鳥瞰図

イケメンもビルもつんつん春の空

再びのジャックで＆ベティ春おぼろ

生家訪う行きも帰りも春の海

咲くさくらさくら号いま急カーブ

さくら咲くジャコ天醤るわたしたち

飛花落花通勤電車さようなら
虎杖の炊いたんもって青空へ
ゆく春の空き箱つぶす片足で

観潮の波のどんぶら青緑

窓開けて肌に四月の化粧水

白樺

みかんの花

下り坂を自転車で急いで登校していた。坂の途中で五、六人の中学生が道路いっぱいに広がっているので、道を開けてくれるようにベルを鳴らした。だが右往左往するばかりで開けてくれない。ブレーキを踏んだが避けきれなくて、とうとう一人の中学生とぶつかってしまった。あっと思った瞬間、体が浮き上がり気が付いたときは三メートルほど下のみかん畑の中。見上げると自転車が半分覗いている。柔らかい土の上で自転車も落ちてこなかったし、良かったぁと思いながら道路に戻ると誰も居なかった。不満にも思ったが、怖くなったので中学生は逃げたのだろう。かすり傷がひとつもなくて猫になった気分。その自転車を起こしてまた登校した。

帰るとき落ちた場所を覗いたらみかんの花が甘い香りを漂わせていた。宙を舞って落ちたことにわたしも動転して、大好きなみかんの花の香りに気付かなかったのだ。みかんの花を見るたびに思い出す。

文旦の花

その家のシンボルツリーとして植えられた文旦の花が今年も咲いた。先日、孫とその家の前を通った。「今年はいくつ生るだろうねぇ」と言ったら「いや、もういい！」という。昨年、二人の孫と散歩をしたとき、子どもたちの顔がちょうど当たる高さに文旦が生っているので「ほら、大きいねぇ」と言ったとき、「ほんとだ　大きい！」と両手で触れた。その手を離したとたんに文旦が転がり落ちて「あぁっ！」と悲鳴。それが二個とも。

それぞれに持たせ持ち主に謝らせたのはいうまでもない。持ち主は「ああ、いいですよ。持って帰って食べてください」とのこと。美味しくいただきホッとしたのだが、子どもたちにとっては苦い経験だったのだろう。でも「もういい」ではなく、「ふふっ」と笑って欲しかったのだが……。

露草

少し散歩をすれば、日陰できれいな瑠璃色の露草の花を見かける。花びらが散ったあとの蛤形の苞葉で、ままごと遊びの「柴餅」と見立てて楽しんだりした。露草は月草、蛍草、帽子花、青花などと呼ばれ露草を詠んだ句も多い。「つゆ草咲けばとて雨ふるふるさとは」（種田山頭火）、「露草も露のちからの花ひらく」（飯田龍太）、「露草や飯噴くまでの門歩き」（杉田久女）など。

あの人目をひく鮮やかな青さや露の多い季節の一日花としての儚さが人々に愛される所以なのだろうが、畑作りをする者にとってはやっかいな草でしかない。露草を引いて積み上げておくとどの節からでも根付き、たちまち蔓延（はびこ）ってしまうからだ。きれいなものや儚げにみえるものの裏には案外、強情なまでの生命力が宿っていたりする。

百合の花

山野を歩くと鬼百合、姥百合の花に出合う。鬼百合は鬼（見たことはないが）の色。姥百合は華やかさはないが、白くてそれなりに山中のアクセントとして子どものころの風景にある。鬼百合の根は食用になり正月ころ出回るユリ根はこの鱗茎。姥百合の根はなんども水に晒して天日で乾かし片栗粉としても使う。わたしの住む箕面市の市花はササユリで楚々とした淡いピンクの花をつける。

『古事記』では、「百合の花物語の伝説」として、神武天皇が百合の花を摘んでいる伊須気余理比売命（いすきよりひめのみこと）に恋をして妻にしたという物語がある。この物語の舞台は奈良の三輪山麓とされていてササユリが多く、この摘んでいた百合の花もササユリだろうと考えられているそうだ。

箕面の山でも見ることが出来るようだが、市花というのに四十年近く住んでいてもまだこのササユリには出合えていない。

木天蓼（またたび）

山道を行くとほんの短い期間だが、「木天蓼」の白い葉が翻っているのを目にすることがある。遠くにある木を見ていたので葉が白くなるだけと思っていたが、梅の花に似た白い花が咲き、実は「マタタビ酒」として利用、身近なキーウィフルーツも同じ仲間だそうだ。枝先の葉がこの花どきに白くなるのは、送粉昆虫を誘引するサインだとか。ネコがマタタビ特有の匂いに恍惚を感じ、強い反応を示すため「ネコにマタタビ」という言葉が生まれた。因みに同じネコ科のライオンやトラもマタタビの匂いに反応するらしい。

以前、蒜山高原へドライブしての帰り道、強い眠気に襲われたがカーブを曲がるごとに翻っているたくさんの白い葉が目に飛び込み、恍惚ではなく感激でわたしは救われた。

月見草

小学校の校庭の隅で、子どもたちは花壇の世話をしていた。当時の子どもたちは授業が終わると、暗くなるまで縄跳びやかくれんぼ、石蹴り、鬼ごっこ、かごめかごめなどの外遊びを楽しんでいた。その花壇の花を育てることも。暗くなり始めると一人、二人と家路につくのだが、わたしは帰りたくなかった。月見草のクリーム色の蕾が少しずつ、少しずつ開いていくのをどうしても見たいから。二つ、三つと開いたのを確かめて人の顔が分らないほど暗くなって家に帰る。親に叱られることが分かっていても見ていたい花だった。わたしたちが当時、月見草と呼んでいた花は、オオマツヨイグサ、あるいはヨイマチグサというもので月見草とはそれらの俗称であることを俳句を作るようになってから知った。

「待てど暮らせど来ぬ人を　宵待草のやるせなさ　今宵は月も出ぬそうな」という歌があり、竹久夢二の作詞でメロディーがつけられて流行った。夢二が待宵草のことを宵待草と言い間違えたのだが、気が付いたときはすでにこの歌が流行っていたので訂正しなかったらしい。夕方に咲き、朝には萎んでしまう儚さが、恋のイメージと結びつきこの歌が愛されたようだ。

月見草とはそんな花だったかもしれないが、わたしはまだ幼くひたすらその開いていく様を不思議できれいな花としてしか見ていなかった。

糸瓜

畑にぶらりとぶら下がっている糸瓜は、花も地味だし、束子になるということしか知らなかったから、たいして興味はなかった。がある日、雑誌で糸瓜から化粧水が出来ることを知った。さっそく試してみたくなり親の許可も得ず、一升瓶を持って糸瓜の茎を切りその瓶に差し込んだ。明日の朝は化粧水が瓶にいっぱいに入ってるはずとワクワクしながら寝た。だが、朝行ってみると瓶は空っぽで糸瓜は実をつけたまま萎れている。差し込む茎は根に近い方を入れるべきところを上部の方を差し込んだのだった。

姉は色白でわたしは色黒なのでとかく姉妹は比較されていた。子供心にも化粧水をつければ少しは色白になれるかもと、こっそり挑んだのだが糸瓜を枯らすだけで終わってしまった。毎日、外で遊び真っ黒に日焼けしていたから無理はないのだが、色白の女の子に憧れていた。

花芒

名月に芒は欠かせない。越してきた当時、五分も歩けば霧のかかる大きな池があり、雑木林の広がる里山があり、朝夕、元気なハスキー犬を連れて散歩するのに格好の場所だった。そこでは季節ごとの野草や生き物が楽しめたので、花鋏を持ち歩き芒や野アザミを採った。だがやがて大幅な宅地開発が進み、それらはすっかり無くなって新しいお洒落な町に変貌した。芒はもうタダでは手に入らないので、活ける芒ではなく知人から頂いた南蛮煙管と一緒に鉢植えで楽しむことにした。どんどん芒は増えるので、株分けして近所の公園に勝手に植え密かに楽しんでもいる。芒の植え替えをするときは南蛮煙管の種も採っておき、芒の根元に植えこんでいる。

数珠玉（じゅず）

河原などに行くと数珠玉が生えている。今の子どもたちは誰も興味を持たないが、昔の子どもは遊ぶのにいい材料だった。実はよく熟すと黒や灰白色のエナメル質のきれいなもので、中の芯を抜き取り、糸でつなぎ合わせて首飾りにした。またお手玉の中にも入れた。小豆なども入れたが数珠玉は少し乾いた感じの音がして軽くて扱いやすかった。自然の物をあれこれ工夫して遊びの道具にした。

紅葉

わが町、箕面は滝と紅葉と野生の猿の名所として知られ、ことに滝道の楓の紅葉は見事でその季節には観光客で溢れている。わたしは四十年近くここに住んでいるのだが紅葉の季節にはあまり行かない。その気になればいつでも行けるというのもあるが、人ごみには弱いしゆっくりと楽しめないから。新緑のころの静かな滝道を歩くのが好きで紅葉は近所のあちこちを楽しむ。

手元の『大阪名所むかし案内』（本渡章）を見ていると、その中に「摂津名所図会　巻之六」で箕面の滝の絵が描かれ、李白の漢詩と「苔ふかきみのおの山の松の戸にただ声するは鹿の音ばかり」と鴨長明の歌が書かれてある。江戸時代から滝と紅葉の名所として親しまれたようだ。箕面に住み始めたころは鹿が住宅地まで現れたというニュースもあったが、このごろは全く聞かなくなった。野生の猿はいるが観光客に悪戯をするので山の奥の方に居るよう餌付けされていて、あ

まり見かけることもなくなった。谷間の滝道だから日のある時間だと紅葉はより
きれいだが、案外、早朝の紅葉を楽しむのもいいかもしれない。

白樺

　各家のシンボルツリーとしてアメリカ楓の木が植えられて、この住宅は売り出された。その一軒が我が家で、若葉もきれいだが晩秋のころの紅葉も気に入っていた。ことに近くにあるアメリカ楓の紅葉の並木道は見惚れてしまうほど見事だ。でも木が成長するにつけ害虫も多く糞が車の上に落ちる。剪定もしたが落葉とも戦う。この木は放っておくと大木になり、我が家のような小さな庭に植えるような木ではない。根が伸びて家の基礎をも壊してしまう。プロの人たちが植えたことが不思議でもあった。それでシンボルツリーだという規則を破り抜き取ってしまった。他の家でも抜いたり電柱のように剪定する家も出てきた。

　わたしは欅や落葉松、春楡、白樺などの大きな木が好き。五年前、病気をして気分がふさいでいたとき、花屋さんでも行かないかと娘が誘ってくれた。そこでわたしの大好きな白樺の木を見つけ、関西でも育つというので二メートルほどの木を車に積んで帰り、すぐに楓の木のあとに植えた。幹の根元のほうだけ白かったのだが、今では幹の上の方まで白くなり、五メートルほどに成長している。他に株立ちの山法師と譲葉、金木犀があり水やりをしながら毎日見上げる。こんな木を見ているだけで元気になれる。

剪定

居間の南側にプリペットの垣根がある。よく伸びて芋虫もよくつく。芋虫は蛾の幼虫らしく放っておくと、十チセンほどにもなり垣根は丸坊主になる。大きくて黒い糞もする。芋虫は苦手なので早めに業者に消毒を頼んだ。年に四回ほどは剪定鋏で刈ったが、手が痛く時間もかかるので電動の剪定鋏を買い自分で剪定をしてきた。剪定を始めると時間を忘れ昼食も忘れてしまう。そんなとき連れ合いが家に居れば「お昼はどうする」と聞かれつい「作ってくれればいいのに」など思うほど熱中する。後片付けの掃除を納得するまですると垣根だけで六時間くらいはかかる。そしてフラフラになって倒れ、ここまでしなくてもと後悔もするが止められない。

　こうした作業を十六、七年してきた。でも剪定だけなら容易いが後始末を塵ひとつない状態まですることは大変で体力の眼界かと思い、この二年ほどは業者に任せた。でも立木の剪定はさすがだとは思うが、垣根の剪定や後始末はまだ負けてはいないと密かに思ったりする。でもこんなだと可愛げがなくていい年の取り方ではないから、上手に人に甘えられるようにしなければとも思うこのごろだ。

冬木

紅葉ももう終わりの季節。ハラハラと散る落葉に見惚れてしまう。アメリカ楓は鮮やかな紅葉、黄葉で彩られ、欅は黄色や茶色でカラカラと風によく舞う。公孫樹の黄色は夜でも灯りがついてるかと思うほど、辺りを明るくする。

ところが近年、我が家辺りでは街路樹が色づき始めたかと思う間もなく、まるで電柱のように丸坊主に剪定されてしまう。交通標識が見えないとか車が滑るからとか、落葉を掃くのが大変だからというのであれば大きな木を植えなければいいのだ。

すこし歩けば豊かに茂らせた街路樹や公園がある。そんな所を歩くと心が穏やかになり、ゆったりした気分になる。

人が生まれて生きて死んでいくように、木々たちも芽を出し紅葉し散っていく、そんな役割や一生があるはず。虫が湧いたり落葉を掃除するのは大変なことだが、木を切ってしまうより落葉を掃くほうがわたしは好きだ。木々たちは空気をきれいにし温度を下げてくれる。温暖化が叫ばれているいま、わたしたちに出来ることはほんに些細なことでしかないが、街中の木を茂らせているほうがずっと地球にやさしいのではないだろうか。緑は泣いている。

しおかぜ五号

初夏の森のしぶきに身をまかす

旅立ちは気ままほらほら茅花の穂

青田波しおかぜ五号西へ西

メゾチントしずかな光り青田波

アトリエの外階段をサングラス

友十人駅弁十個夏列車

廃寺の木モリアオガエル生まれる木

魔界から使者きて奈良は楠若葉

馴れ初めは言わず天川久輪草

夏きざすパドックに光る馬の尻

ハイカラなお爺さまの家薄暑光

この道はあの日あの時花樗

ジャスミンの風に吹かれて西の魔女

リバーサイド他人がよろし初夏の風

レガッタの男女素足の力瘤

父が逝き母は生き七月を行く

母の日の母のおぼろに触れないで

水湧いて湧いて太るよ水馬

塾頭の頭を越えて夏の蝶

夏草の闇の吐息の甘酢っぱ

緑陰の芯のあたりに脚を組む

まほろばの蛍をひとつ連れて彼

あぐら組む卑弥呼ゆらりと揚羽蝶

片陰の直線つづく大都会

鱧食べる写楽豊国とわれ寄り目

夏の朝五體字類の紺表紙

朝の庭まず一番の蜘蛛の糸

茄子焼いて親子いつもの横座り

愛されて冷たくされてプチトマト

あの土手は友情だった花火の夜

盆踊り知らないわたしその中に
朝涼のわたしがわたしになる時間
ぽっぺんのペコンポコペン夏の果て

メダカ

蟷螂

冬の始め、植木鉢のコニファーの木に褐色の大きな蟷螂がいるのに気づいた。頭を下にお尻を上に向けた姿勢で細い幹にしがみついている。近づいても身動きひとつしない。よく見るとお尻の方に草餅色で一チセンほどの卵が三段になってある。薄茶色の三チセンほどの卵は見たことがあるが、こんなに小さくてきれいな草餅色の生みたて卵は見たことがない。この姿勢での産卵はいったいどんな理由なのか、上から下へ卵を産み付けるのはたぶん、雨が卵の中に入らないよう小さな庇のようになっているのか推測しながらまじまじと見てしまった。でもこの蟷螂、わたしと目が合ってしまったからか産卵を止めてしまった。二十分もすると卵は草餅色から褐色の木の肌と同じ保護色に変わってしまった。どうやら産卵の邪魔をしてしまったようだ。立春を過ぎた今では木の瘡蓋のようになっている。雪も降らなかったこの冬を無事に過ごして、早く蟷螂の誕生を見たいもの。蟷螂は草花に害を与えずなかなか愛嬌があって好きだ。

メダカ

ハスキー犬を飼っていたが亡くなってから気の抜けたような日が続いていた。新たな子犬をとも思ったが、これからの年月を考えると最後まで面倒をみられないかもしれないと思い、だからといって生き物がいない生活も寂しくて味気ないと思案していた。

そうだメダカを飼おう。ちょうど陶芸をしていたのでメダカ鉢を作ることにした。作っている最中に仲間が、アサザ（水草）と浮く陶器の亀をプレゼントしてくれた。器は出来たが肝心のメダカがいない。飼っている人に譲ってもらうことにしていたが、待ちきれなくて近くのペットショップで十四買った。秋ごろになるとメダカは四匹になってしまい琵琶湖のメダカを二十四買って入れた。

冬が過ぎたある日覗いたら、水面すれすれにゴミかと思うほど小さなものが動いている。よく見るとその先になんだか光る円いもの。目だ。なるほどメダカという名前のとおり、稚魚のときから目だけはよく光り小さいが存在感がある。それから親メダカに食べられないように稚魚を見つけたら別の鉢に入れて育てた。

雨や雪が降っても氷が張っても外に鉢を置いたままなので、生きていくのは厳しいとは思うが、自然の生き物だからこれでいいと思う。小さな鉢の中でも生まれて死んで世代交代が行われ「生きる」ということを実感している。

そのメダカ、メダカがペットというのは珍しいからと「我が家のペット」という新聞社の取材で、プロのカメラマンの手によって新聞に載せてもらった。だが何年飼っていてもメダカの顔がわからない。

雛鳥

毎年、春先になると雛鳥十五羽が家に来た。二階建ての鳥小屋が庭の一角にあったが、子どもの掌に乗るほど小さな雛鳥には大きすぎるので、それなりの箱に入れて育てた。柔らかなハコベを採ってきて刻み、糠やトウモロコシ、貝殻を砕いて細かくしたものと水を与えて姉弟で育てた。大きくなってくると小屋の方に居れ直し、わたしたちも小屋に入って糞などは畑に入れて掃除した。鶏たちは地面に穴を掘って体を沈めるのが好きだったので凸凹になる。卵を産むころになると蛇が卵を狙ってやってくるようになり、蛇の侵入を防ぐために地面を直したりした。自分たちで育てた卵で卵焼きや卵かけご飯を食べるのはとても楽しみだったし、食べきれない卵を売ってお小遣いにもした。

あるとき鶏が異常に騒ぎ立てるので近づくと、小屋の中に蛇がいてあきらかに今、卵を呑みこんだばかりだと分かるほど、蛇の顎のあたりが膨らんでいるのを見つけた。悔しいけど仕方がないから蛇を追い出して穴を塞いだ。あるときは、弟が小屋の中でじっとしているのを見つけた。尋ねるとにやにやしながら「鶏が卵を産むのを待っている。生みたてだったらもっと旨いかもしれない」のだという。やがて鶏が卵を産み落とすと「温い」と言いながら指で穴を開けて卵を口に当てスルスルッと啜った。なんだか弟が蛇に見えて仕方がなかった。

蚯蚓

徳島市へ行った朝、すぐ後ろの眉山へ登ろうとロープウェイの駅に行ったが、早過ぎて一時間あとしか動かない。乗れば五、六分で山頂に行けそうだが待っていられない。歩いて登れるかと登山口を探した。地図を持っていないのでうろうろしていると、ちょうど三十代くらいの女性に出会った。尋ねると「ああ、この上の道路を少し行くと登るところがありますよ。わたしも登ったけどちょっときついです。これが道かしらと思うような道ですが、上には行けます」と教えられた。礼を言いながらせっかくだからと挑戦することにした。なるほど、岩場の水のない沢登りをしているみたいに、四つん這いになって木の枝や根っこに摑まりながら登った。あと少しあと少しと登りながら、途中でホトトギスの声が聴けたのには感動した。

頂上につくとすでに何人もの人たちが車で来たらしく休んでいた。天気もよく景色を楽しみ下山しようとしたが、まだロープウェイは動かない。同じ道を下りるのはちょっと怖いので周りの人に聞くと「ああ、ありますよ。くねくねした少し細い道だけど」と教えられた。わたしが先に立ち、言われたように道路からそれと思われる細くて草の茂った道に五歩ほど入ると、なんだか黒いロープのようなものが道いっぱいに横たわっている。よく見ると山蚯蚓みたいだ。一跨ぎすれば進めそうだが山の蚯蚓はでっかい。「気持ち悪い」というと連れ合いは笑うだけ。仕方がないからもとの岩場に戻る方を選んだ。転び落ちないよう木や岩に摑まりながらへっぴり腰で下りた。下りきってしまうころロープウェイは動き始めた。朝食前の散歩のつもりがずいぶんな冒険をしたのだった。

河鹿蛙

朝から少し曇っていた。連れ合いが鳥取県の俳句の会に呼ばれているというので車で走った。中国道から播但道で行くのだが、西へ行けばいくほど視界が悪くなる。中国山地を越えて日本海側へ行ってもますますひどい。どうも黄砂のようだと気がついた。こんなにひどいのは初めてだと思いながらたどり着く。どういう会だったのか今では思い出せないが、そこの人たちと小さな清流の流れている山に入った。話が途切れたとき「ヒョロ、ヒョロ、ヒヒヒ…」ときれいな鳴き声。それが河鹿蛙だとそのとき初めて知った。一度耳にすればわすれられないほど美しい鳴き声で、ひどかった黄砂もすこしきれいになった気がした。

蛙

　娘の家のドアを開けようと取っ手に手を掛けたら、なんだかふにゃっとするものがあり思わず手を離した。見るとアマガエルで黄緑とか薄茶の蛙は見たことがあるが、オレンジ色っぽいのは初めてで、ドアの色が少しオレンジ色に近いのでそれが保護色になっていて分からなかったのだ。家の前の田んぼから毎年六月ごろになるとやってきてこのドアに住み着くのだそうだ。なぜこのドアなのか理由は分からないが娘たちは「我が家の蛙」として見守っている。

　田起こしして水を張りはじめると、ほどなく蛙が鳴き出す。帯状の卵の塊からオタマジャクシになり、蛙に成長する時間があるはずだが、いつのまにか蛙の合唱が始まっている。我が家の辺りに田んぼはないが、七分ほど離れた娘の家を夕方尋ねるとこの合唱に出合える。そして子どものころ、道を歩けば蛙が飛び交い夜通し鳴く蛙の声で眠れなかったことを思い出す。

蝙蝠

夜十二時をすぎたころ電話が鳴り、もう寝ていたのだが何事かと飛び起きた。電話に出ると何かすすり泣きのような叫ぶような変な声が聞こえる。その頃、Hな電話がかかってくることがあると聞いてたから、そんないたずら電話かと思い受話器を置こうとしたが、なにか聞き覚えのある娘の声のような気もして尋ねると「蝙蝠が…蝙蝠が入ってきて…」という。なんだそんなことと思ったのだが、それにしても異常な取り乱し方。当時、娘の夫は単身赴任中で三人の子どもとの一軒家暮らし。連れ合いは「放っておけ」というが、あの取り乱し方では眠ることも出来ないだろうと思い車で駆けつけた。

真夜中だというのに家の玄関も窓も開け放ち、家中煌々と明かりが付いている。家に入ると長女と長男が網や棒切れを振り回して蝙蝠を追い出そうと走り廻っている。娘は「夕方、息子が戸を閉めようとしたら、何かがスッと入ったようだった」という。おまけに窓は全開だから、騒ぎを聞きつけて外にいた蝙蝠がもう一匹入ってきて二匹の蝙蝠が家の中を飛び回っている。わたしは一部屋ずつ窓を閉め電気を消して一部屋に集めていくよう指示し、虫取り網で一匹ずつ捕まえた。

連れ合いはいっしょに来てくれたが、終わるまでただ見ているだけだったので、はしなくもわたしが夏の武勇伝を発揮してしまった。

綿虫

湖東三山へ二人で旅した日、ふいに両の手でさっと空気を掴み「ほら！綿虫」と手を広げて見せてくれた。言葉では知っていたが初めて見たのだった。

彼女は両親やご主人を見送り、二人の子供を結婚させ、独り暮らしを楽しまれていた。小柄だが背筋をピンと伸ばし、自分をしっかり持った美しい人で、こんなふうに年を重ねられたらいいなと思わせる人だった。ひと回りほど年上で六年ほどのお付き合いだったが、体力の限界を感じられたのか「これ以上老いてゆく姿をあまり見せたくないの。あなたたちにはいい思い出だけを残したい」。そういって一切のお付き合いを拒まれた。

だからその後の彼女を知らない。そして穏やかな冬の日、その気で見れば我が家の辺りでも綿虫を見かけることがある。そして彼女をふっと思い出す。

秋の虫

連れ合いの同僚・T氏が五百匹も鈴虫を孵化させたという。それで我が家に貰ってもらえないかといって、ガラス瓶と消毒済みの砂と枯草を束ねたもの四つと鈴虫十匹がやってきた。これまでに文鳥、十姉妹（じゅうしまつ）、兎、犬、金魚、メダカは飼ったが鈴虫は初めて。まだまだこの暑さで油断すると瓶は糞だらけ、餌の野菜にはすぐに黴が生える。もう一度脱皮をすると成虫になるというのだが、いつごろ脱皮するのか雌雄の区別もつかない。とりあえず大きなガラスの飼育箱を買って移し替え世話をした。

鳴き始めるとわたしが知っている鈴虫とどうも鳴き方が違う。確かめ直すとその虫はアオマツムシでとても喧しい。あまりにもうるさいので虫箱は居間から廊下へ、洗面所へと移動させ、戸を閉め寝室のドアも閉めるが、虫たちは夜通し鳴き続ける。「うるさくて安眠妨害だ」と連れ合いに愚痴るが、「ぼくはうるさくない」の一言。その秋は虫館となり、寝不足で不機嫌な秋だった。

次の年はクサヒバリが来た。この虫は鳴き声が少し寂しげできれいな鳴き声だから好きだった。この虫ならまた飼ってもいいと思えた。

その次の年も虫を貰ってくれないかとのこと。どうも繁殖し過ぎた虫たちの面倒を見てもらえると白羽の矢が向けられたようだ。でも、世話をするのは全てわたしで、連れ合いは一度も世話をしない。電話で「今年は石があって少々重いから近くの駅まで持って行きましょうか。それでも少し荷物が多いし、一人で運ぶのが大変で…」とT氏。連れ合いは「ああ、では車で取りに行きます」と気軽に言う。運転するのはわたしだ。

後日、高速道で三重県津市へ。T氏の家は我が家より新しくて大きい一軒家。玄関の戸を開けると玄関をふさぐように虫の入った木の箱が三箱積み上げてある。その中には砂と河原の石を敷き詰め、一本の生の木が植えてある。その中をうじゃうじゃ五ミリほどの虫たちが飛び跳ねている。なるほど一人では運べないはずだとへんに納得。でもわたしの車に入るかなと心配した。たいへんな嫁入り道具だ。

部屋に案内されたが、いくつもある部屋も、ぐるりとある廊下も虫籠（虫の檻）で占領されている。家中の温度も虫のために一年中管理しているとのこと。「この虫たちのお陰でわたしたちは旅行も出来ないのですよ」とも。「夫婦で虫を捕まえに懐中電灯と補虫網を持って、夜な夜なあちこちの河原へ出かけたり、富士山の裾野辺りまで出かけたりして捕まえ、孵化させるのです」ともおっしゃる。その趣味人というか気の入れように脱帽。虫館とはこのような家をいうのだろう。

車が揺れて籠の隙間から虫たちが逃げ出さないようゆっくりと車を走らせて帰った。もちろん餌と逃げ出した虫を捕まえる透明のプラスチックのコップもいっしょに。

それからまたわたしは虫たちとの戦い。第一は大きな虫籠の置き場に困る。一籠に三十匹はいるだろうか、とてもすばしこく動くので数えられないし、餌をやるとき蓋を開けると瞬時に逃げ出し、捕まえるのにコップを持って部屋中を這いずり回る。そうして虫たちの世話に明け暮れたのだがなによりも切ないのは、うるさく鳴く虫たちの声が連れ合いには聞こえないらしいこと。実は一定の音域が聞きとれないのだとか。

秋の終わりのころ虫たちが死に、卵を産み付けているかもしれない木や砂や石ころを、もう孵化したら庭で勝手に生きてと庭に置いた。その虫の名はカワラスズ。

犬

下の娘が幼稚園児だったときマンション暮らしをしていた。ちょうど三階の西の端で窓の下には園芸用の松林があった。夕飯の支度をしようとしたとき子犬の鳴き声が松林の方から聞こえた。変だなと覗いてみると、その松林の中に壊れたテレビの木の箱とキャベツや人参があった。子犬の声はそこから聞こえ、餌がキャベツや人参であることに唖然としてしまった。子どもに聞くと拾った子犬をマンションの子どもたちみんなで飼おうと相談して、そこに犬小屋を作ったのだと。確かに幼稚園では兎を飼っていて毎日餌やりをしていたが、動物によって食べ物が違うこと、犬は届け出がいることなどきちんと教えなければ。一軒家に住み始めたら犬を飼おうと秘かに思った。

一軒家に住み始めるとさっそく紀州犬を飼った。ふゆと名付け、その年の年賀状には二人の子どもの後に名前を入れた。ほんの出来心のつもりだったのに、あるとき知人からピンクのベビー服が届いた。驚いたのはわたしたち。その知人は「この間会った時は、お腹が大きいと思わなかったから、少し変だとは思ったけど、また女の子だった？　なんて確かめることが出来なかったんだ」とのことで名前から推測したらしい。菓子折りを持って行って平謝りした。

ふゆは日本犬特有の「一代に一主人」しか仕えないというだけあって、人にあまり気を許さない気難しい犬だったから、つぎの犬は人懐こい犬にしようと近所に生まれた雑種を貰いムギと名付けた。ところがあまりにも人懐こすぎて、声を掛けられればヘロヘロと尻尾を振り、ヘナヘナとお腹を見せて寝ころぶ。「あまりにも節操がないなあ」とわたしたちは嘆いた。

犬は家族の一員でもあるから居なくなれば寂しい。二匹目が死んで淋しさに耐え切れず、こんどはハスキー犬を飼うことにした。出会ったときは、まだ目が開いてなく自分で餌も食べられない生後一週間の犬。「たぶん、ブルーアイでグレーの毛」とのブリーダーの言葉を信じて三ヶ月預けたままだった。その犬を受け取りに行って一目見たとき鳥肌がたった。寒さに強い犬だから、ダブルコートの長いほうの毛がハリネズミのようにツンツンしていて碧い眼。それはまるで異星犬のようで美しすぎて、この犬をわたしたちが飼ってもいいのだろうかと思わせた。ソラと名付けたが三匹の犬のなかで体が一番大きいし力も強い。

雨の日も雪の日も風の強い日も夜中でも散歩をせがむ。ことに水が好きで池や水を張った田んぼ、雨の日のゴーゴーと流れる側溝に入りたがる。風に向かって座る姿は狼の顔付きになり野性を感じさせた。わたしたちはずいぶん扱い方に手こずり「もう、手放そうか、体力の限界」など話したこともあるが、せっかく飼い始めたのだからと最後まで面倒を見た。

犬を飼うことでわたしたちは、たくさん歩き元気に過ごせたと思う。そして長生きをする生き物を飼うことの限界も感じた。

晩秋

立秋のページをめくる青い爪

八月や見たい知りたい伝えたい

草紅葉みんなで丸く腰おろす

天空の城の石垣霧が這う

暗がりの森から覗く十三夜

十人の雑魚寝の男女十三夜

生きってこの百歳の南瓜顔

晩秋の絵本のバスがコトコトリ

秋の日の土塀の穴から破れ猫

神宿る山の木天蓼翻る

新涼の隣りの家はレモン色

新涼の眉描き足して朝ごはん

手作り山盛り新涼の道の駅

来れば去る去ればそれぞれ夜の秋

空き缶の転がる方へ秋の行く

秋の雲少し遠くにある用事

川下る秋風吹いてプチ家出

晩秋のうなじくすぐる二枚舌

やあと来てじゃあと手を振る紅葉山

黄落のしずもる岬奥琵琶湖

秋日和犬のいた日の庭に立つ

秋の暮れわたし鏡とにらめっこ

仲直りしようかスダチ絞ろうか

秋天のふいに黒猫芭蕉塚

野菊咲く岬は原発再稼働

霧の朝ブラックコーヒーは無糖

ドライブ

花・花

子供たちが「パンダ公園」と呼ぶパンダの乗り物が置かれたささやかな公園が家の傍にある。そこに雑草の生えた約八十×三十チセンの直角三角形の草叢を見つけた。子どもが小さかったころは公園で遊ばせながら辺りの草をちょんちょんとつまんで草むしりをしていた。庭や公園、花壇などに草（雑草）が生えていると気になり手が勝手に動く。後に道端などの草の名前を覚え始めるとそれはそれなりに草叢を楽しむのだけど、こういう場所に草が生えていると無性に抜きたくなってしまうのは性癖というのだろうか。

そんなわたしが、この三角コーナーを見逃す手はない。草を抜いて家のフジバカマを植えた。秋には大株に育ち地味ながらもきれいに咲き楽しんだ。だがある時、公園掃除の人にただの雑草だと思われたのかバッサリ刈り取られてしまった。でも次の春には「花ですよ」と分かるようビオラや水仙、コリウスを植えた。

さすがに抜かれはしない。こんな小さな放置された場所を勝手に使うのは罪なのだろうか。

先日、放置されたままの花壇や通りの緑地帯を一夜にして花壇に変身させる集団というのを放映していたが拍手喝采。わたしも参加したいな。

春耕

「畑、借りたよ！」と娘から電話があったのは正月を過ぎたころ。「家の前だから借りられるといいね」と話していた所だ。土地が低くて水はけが悪いのが気になるが、なにしろ家の居間から毎日眺められるので、キッチンガーデンの感覚が楽しめる。さっそくわたしも参加して土づくり。三十坪くらいの畑を草取りから始め鍬で土起こし肥料を蒔く。娘の連れ合いは一日でダウン。孫たちも「お手伝いする！」と張り切っていたけどすぐに飽きて、土の上に座りこんで遊び始める始末。ときどき耕すのを手伝ってお相伴することにしよう。というか一番嬉しがっているのはわたしかも。

以前にも畑を借りていたが、持ち主が用途を替えたので返却したのだった。畑仕事をするのは男性たちのベテランばかり。娘と二人で畑を耕していると、「奥さんら、なかなか手つきがいいね」と褒められたり、種や苗を分けてもらったり、

畝の造り方や支柱の立て方などアドバイスしてもらったりして頼りにしていたの
だが、我が家の男たちは少しも興味がないらしくて頼りにならない。これからは
女二人で自立しよう。

筆箱

それは五十年も居間にある父の座り机の、決まった抽斗の決まった位置にある筆箱。あずき色のセルロイド製でペンシルケースと英語で書いてあり、ピンクのスカートを穿いた女の子が縄跳びをしている絵が描いてある。わたしが小学一年生のとき使った筆箱だ。

父は、結婚して家を出た娘の残した荷物の中から、まだ使えそうな座り机や筆箱を取り残したらしい。もったいないから使えるものは使う、そういう父だった。その筆箱は抽斗から出されることもなく、鉛筆や万年筆を入れるためだけに使われていた。これを発見したとき息子には何かと口うるさい父だったが、娘の私には母親の口からしか愚痴を聞かなかった。そんな父の静かな愛を感じ父が使わなくなったら、またわたしの物にしようと思った。

そして父が九十六歳で亡くなって五年。父がしていたようにわたしも机の抽斗にアクセサリー入れとしてその筆箱を使っている。

この春も、店先では華やかな色のランドセルや使い勝手のいい文房具が並んでいる。丈夫で品物もいいが、これらを与えられた子供たちが五十年、六十年先、わたしのように再び手にすることがあるのだろうか。この筆箱はずっと使われていたから、博物館の展示物のようではなく、しっとりと光っている。

新学期

シルバーグレイの髪に円い眼鏡をかけた恰幅のいいT先生は、生徒たちが真面目に授業を聞かないと、竹の根で出来た鞭を手にして、それを自分の教卓にビシッ！と打ち付けながら「無礼者！」と言って叱られた。ちょっと素敵な先生だと思っていたのだが、化学の苦手なわたしは少し怖かった。

ある日、「そろそろ家庭訪問の時期でみんなの家を訪ねるのだけど、何軒も廻っているとお茶とお菓子の接待が苦痛になって、つい水をお願いするのだが、その水を飲み干してみるとだいたいコップに水滴が着いていて、それが気になり冷たい水も美味しさが半減してしまう。それはコップが汚れているからだ」と言われた。化学の授業では他にもいろいろ教わったはずだが、五十年あまり経った今でも、この言葉だけがわたしの心を捉えて離れない。「水滴のつかないコップ」は私の暮らしの基礎となっていて、洗面所や台所のシンクの水滴もついつい気になる。

梅雨

　十六本骨の紺色の傘を買った。普通は八本でその倍の骨がある。小学生の低学年のころはから傘だった。プーンと油紙特有の匂いがして重く、使っているうちに破れたが雨が当たるとパラパラといい音がした。教室の後ろの壁面の一番高い場所に、不意な雨降りの貸し傘として二十本ほど吊り下げてもあった。今だとビニール傘だろうか。高学年のころには黒い蝙蝠傘。破けはしないが誰も彼も真っ黒で、梅雨のころはさらに暗い感じがした。中学三年のころ出始めた水色のビニール傘をさっそく買ったら「あんたの方が先に買ってずるい！」と姉が焼餅を焼いた。二番目はなにかとお下がりが多かったから雨の日が楽しみでもあった。

　いつの間にか長傘、折りたたみ傘、日傘、合わせて十二本も持っている。行き先、着る物によって使い分けるからだ。雨の日の楽しみ方のひとつでもある。

蜃気楼

蜃気楼をこの目で見たい、そんな仲間たち十人と富山湾に出かけた。自然現象だから私たちに合わせて見られるものではない。でもあわよくばと傲慢そのものの旅。案の定天気もよく、いくら目を凝らして見てもすっきりとした空と海が広がるばかりだ。海の見えるレストランでシロエビとビールを飲んで想像して終わった。

次の年、近所の仲間が「琵琶湖でも蜃気楼が見られるよ」と言ってきた。インターネットでいろいろ調べて気象条件によっては現れるという。「では現れるかもという日に行こう」ということになり、当日私は車を、彼女は座布団、双眼鏡、カメラ、帽子など持ちこみお茶・お菓子も買い込む。琵琶湖大橋の辺りに現れそうだとの情報で、その橋が見える大津の浜に腰を下ろす。「あの橋や、右の方の工場などの建物が浮いて見えるんだって」、「今日のように少し蒸し暑くて風もなくてどんよりした日が現れやすいらしい」の情報を信じてひたすら目を凝らす。そばに京都大学の観測所もあるからここで間違いなく見られるはず、そう確信して三時間近く待ったが現れない。そうしたことをその夏、三回挑戦したが遂に見ることが出来なかった。ニュースになるくらいだから蜃気楼はおいそれと現れないものだと十分に分かった。以来、挑戦もしてない。

清水

道路のすぐ脇の岩の間から清水の出る場所を「ひや水」と呼んで親しんだ。丸太のベンチと小さなコンクリート製の水桶があり、何本かの竹の手作り柄杓が置いてある。ここを通る人々や山の上にあるお寺への参拝者がひと休みする場所だった。学校からの帰り道、私たちも必ずひと休み。竹箒で掃除して道路へ水を打ち野の花を飾った。子どもたちは誰でも気が付いたらそうしていた。どこへ行くのも歩きの時代。やがて寺への道路が開通し、子どもたちもバスで通学するようになり、この「ひや水」は忘れられていった。

歩く人の居なくなった現在、清水を飲んだあの場所を覚えている人は何人いるだろう。地元の人も必要としなくなったようだが、清水は今でも少しだけ流れている。帰省の車でここを通るとき、「ああ、ここだ」とわたしは思う。

寝茣蓙

寝ついても暑くて程なく目覚める季節になった。真夏日が続くようになると、連日クーラーをつけて寝ることになる。こんな時、寝茣蓙があったらと思うがベッドの暮らしには似合わない。夏の帰省のとき、母は今でも敷布団の上に茣蓙を敷いて寝るように用意をしてくれる。寝返りをするたびカサコソと音がしてうるさいのだが、またいつのまにか眠りに陥ってしまうのだ。新しい茣蓙だと藺草の匂いが心地よい。そこではクーラーではなく周りの森が空気を冷やしてくれる。帰ろうかな。この夏。

雲海

中学の林間学校では、毎夏二日間、その地方では一番高く海抜八一二メートルの山にあるお寺へ行く。朝夕の食事のお米を二回分（二合）持って二時間かけて登る。当時（昭和三十年代）の泊りがけの旅行や修学旅行も宿での食事の回数分のお米を持って行くことが義務付けられていた。寺のお勤めをして「百畳の間」で子供たち全員の雑魚寝。「百畳の間」の広さやみんなで夜を過ごすことにも感激し、おしゃべりや枕投げをしたりしてなかなか寝付けなかった。

早朝、「日の出」を見に起きると一面に雲海が広がっていて、自分たちの住んでいる場所は何もかも雲の下。テレビもない時代だったから、世の中の広さを知る機会も少なかったが、この雲海の景色を見たときは少し世界の広さが分かったような気がした。

日焼け

「小麦色の肌」が美の象徴だったころ、きれいに日焼けして白い水着を着た資生堂のキャンペーンガールだった前田美波里のポスターが盗まれ、夏休みの終わるころには各地で子どもたちの日焼けを競うコンクールが開かれた。真っ黒に日焼けすることは健康であることの象徴だった。

二十年ほど前、十軒ばかりの外国人住宅の近くに住み始めたら、そこの子供たちが昼間の外遊びをしないで、きまって夕方の薄暗がりの中で集まって遊ぶことを不思議に思った。どうもあまり日焼けをしないように気をつけていたようだ。そのころから少しずつ紫外線の害について話題にされるようになり、今ではすっかり大人も子供も日焼け防止に励み、「小麦色の肌」は見かけなくなった。時代とともに考え方が百八十度変わってしまったのだ。

浴衣

浴衣がけの若い男女が花火や夏祭りに出かけている姿は、いつになっても夏の景色として好ましい。暑がりのわたしは全く着なくなったが憧れはある。

かつては「着物一枚縫えないようでは嫁の貰い手がない」と言われたもので単物ぐらいは誰でも縫うことができ、中学校の家庭科の教材として縫わされた。時間内には出来上がらないので、家で友達とお気に入りの布を広げたのだが、あろうことか枇杷を食べながらの作業、採れたての枇杷が美味しそうなのでつい食べてしまったのだ。そしてポトリと汁が真っ新な浴衣の上に落ち、拭き取ってもシミができ水でも試したがクシャクシャになってあわててしまった。提出物はいつでも丁寧にきちんと作っていたから落胆もした。それは洗濯しているうちに目立たなくなったが、浴衣を見るとこの失敗のことを思いだす。

涼み台

夕食の片付けが終わり、お風呂に入ってから団扇と蚊取り線香と花茣蓙を持って庭の涼み台に寝ころぶ。涼み台は二畳ほどあり外に置くテーブルのようなもの。物を干したりもするが、こうして寝転んだり座ったり、みんなの憩いの場所にもなる。父は無駄話が苦手だからあまり参加しなかったが、姉弟や母が一緒になって寝ころぶとよもやま話に花が咲く。外が暗いから怪談話などはより弾む。寝ころべば満天の星空。プラネタリウムで「銀河鉄道の夜」を見たことがあったが、それと同じように星空を見つめていると、どんどん夜空に吸い込まれ気が遠くなり、いつしかそのまま寝てしまうこともあった。

子ども時代の時間のながーい一日の終わりではそんなことも体験した。

流れ星

夜八時、「星がいっぱい見えるよ！」と娘からの電話。外へ出てみたが辺りは真っ暗で何も見えない。携帯の明りを頼りに湖の傍の道路へ行く。同行の男たちはテレビづけで、そこには我が家の女五人が星を見上げていた。天の川は長々としてはっきりそれと分かるが、星が多く見えすぎて織姫も彦星も見分けがつかない。スゥースゥーと幾つも流れ星。一番長いものは一メートルくらいもあっただろうか。数えていたがそのうち数えられなくなった。

一番年下の孫は「真っ暗だし、星がいっぱいありすぎてなんだか怖い」と言い出した。見上げてばかりで首が痛くなってきたので、車が通らないのを幸いに、わたしを入れた六人で手を繋ぎ道路に寝ころんだ。少し地面が硬くて痛いが日をたっぷりと浴びたアスファルトの温もりが心地よい。しばらくすると「なんだかごそごそして虫のようなものが…」と言い出したので明日の夜はシートを持ってこようかと話した。が、夜半からどしゃ降りになってしまい一晩だけだが満天の星空を眺めた。諏訪市の海抜千五百メートルの女神湖での夏休みだった。

霧

和歌山の那智勝浦からの帰り、天気もいいので高野山へドライブして帰ろうということになり登山道路へ向かった。料金所で「上の方は霧が出ているので気をつけてくださいね」と言われた。途中の温泉場などを見たりしながら走り交通量は少なくて快適。道の両脇に雪が残っていて「さすが高い所、下界とは違うね」などと少しはしゃぎながら進んだ。

スッーと霧が過ぎる。ああやはり出始めたなと思いながら進む。車はやはり少ない。だんだん視界が悪くなってきたので、スモールライトをつけたが、対向車がすぐ近くに来ても分からないほどひどくなってきたのでライトに変えた。

もうどこを走っているのか、どんな地形か崖なのかも分からない。ただ上り坂が続くだけ。ナビも付けてなかったので地図だけが頼りだから標識を見つけられないのが致命的。自分たちがどんなところに居るのか分からないことで、どんどん不安になってゆく。ユルユル進みながら少し平らになった辺りで霧の中にうっすらと建物の影を見つけた。サービスエリアらしい。ひと休みすることにしたが店の人以外、誰もいないしおまけにあまり愛想もない。「こんな天気じゃ誰も来ないよねぇ。下界とはまったく違うもの」など言って、コーヒーを飲みながらしばらく晴れるのを待ったが変わらないのでまた走ることにした。ほどなく霧が晴れて寺の境内が見えはじめた。嘘のような霧の中の不安なドライブで、後にも先にもこれほど濃い霧は見たことがない。

秋彼岸

料理が上手で人の世話をするのが好きな独り暮らしの小母さんがいた。ご飯をごちそうになったり泊まらせてももらった。同級生の母親なのだが息子は東京へ行って帰らないので、厚かましくも時々お邪魔していろんな話をした。その後、私は結婚して大阪へ、小母さんも息子が住んでいる東京へ引越しされた。東京と大阪は今のように近くはなく、子育てに忙しい時期でもあり手紙の遣り取りをするぐらいで、再びお会いすることはなかった。無沙汰をしているうちに小母さんの訃報を聞いた。小母さんのお墓は田舎に在るという。墓地の場所は判っていたから、数ある中でそれと分からないまま姓を見つけて、わたしの母とお墓参りを済ませた。

それから卒業後初めての同級会で、四十三年ぶりに彼に会い一緒に墓参りをした。すると明るい港町の急斜面にあるたくさんの墓のなかで、かつて私がお参りした墓を通り越し、天辺近くまで登った場所にあった。小母さんに「何をしてたの、他所様のお墓を拝んだりして…」とかつてのように笑われている気がした。山の上から見る海はどこまでも碧く、キラキラとあのころと同じ風景が広がっていた。

秋の日

「いい加減に帰ってきなさい。ばか！」と母の声。小学五年のとき四日ぶりに家に帰ると叱られた。

秋祭りに叔母さんの家に呼ばれたので泊りがけで遊びに行ったのだった。学校から十分ほどの距離がうれしい。従妹の「はーこちゃん」は一学年下で仲良しだった。その近所の二人の同級生とも。朝になると四人で学校に行き、授業が終わるとまた四人で遊びながら「はーこちゃん」の家に帰った。自宅には徒歩で一時間ほどかかるので、そこがすっかり気に入ったのだった。秋の日暮れ一人で帰るのは気が重かった。叔母さんたちは何も言わなかったが、さすが四日目ともなると子供心にも気が引けて家に帰ったのだが。

秋の海

和歌山県海南市のマリーナシティーへ車を走らせた。ヨットハーバーを過ぎ、橋を渡り、イタリア風の建物が並ぶ一角に着いた。八月も終わりだからか、海産物売り場以外あまり客はいない。売り場を見て寿司や丼などで昼食を済ませ、海を楽しまなきゃと怖がる幼稚園児の孫を説得して、双子島を巡る小さな観光船に乗り込んだ。客は私たち六人と他の四人と船員の二人。救命胴衣を着せられ、怖がる孫を抱いて出航。曇天だったが海の上はたぷんとして穏やか。風が心地よい。孫たちもリラックスしてきて椅子にしがみついていたのに、寄ってくるカモメに餌をやりだした。双子島を周るころになると、連れ合いは口を開けて居眠りをしている。わたしも泳げないから海は怖いのだが、孫たちの手前怖い素振りは見せられない。でも、たぷんとした海と初秋の風を堪能した。

暖を取る

「火の色」に憧れている。今年も木枯し一号が吹き、朝夕の冷え込みが手足を硬くする。温風のストーブをつけると部屋はすぐに快適になるのだが何か物足りない。そう、「火の色」がないからだ。囲炉裏で燃える槇や炭火の赤い色、石油ストーブの金網の真っ赤に焼けた色、そんな原始的な赤い色が日常の暮らしから消えてしまったからだと思う。今や台所からも炎が無くなってきて、幼い子は炎の怖さも知らないでいる。

人間がきれいで便利な暮らしを追い続けた結果なのだ。わたしも「火の色」に憧れながらもそれを消してきてしまった。今、温風のストーブに温まりながら、せめてもと「火の色」の柿を並べて楽しんでいる。

肩掛け

母にマジックテープで脱ぎ着のできる、ピンクの衿のついたポンチョを贈った。「これは派手で少し恥ずかしいよ」と弟に言ったらしい。父が逝ってから三年近くなり、自分の時間がたっぷりと出来たのだが、足が痛くて自力で外出もままならない日々。手近にある布きれで小物やカバーなど作って楽しんでいる。

この冬も若いころ使った肩掛けに他の布をパッチワークして使っていた。色合いが地味に思えたので、明るい色で軽い羊毛入りのポンチョを贈ったのだった。

病院通いもせず、他人と話をする機会も少ないが、人の手を煩わせることなく自分なりの暮らしが出来ている。遠くに住んでる不肖の娘としては、明るい色のポンチョはそんな時間の気分転換を思ってのことだった。母は九十六歳。

年用意

十二月もいよいよ半ば、暖かい年で助かっている。結婚したころには十二月に入ると大掃除を始めた。アパート暮らしから始まったから、狭いのはそれなりに箪笥の裏から畳干しと、いい天気の日にせっせと掃除した。お店も三が日は休みになってしまうので不足の品がないように、正月を迎えるための予定をたててひとつひとつこなした。新年を迎えるための新しい菜箸や下着も揃えた。

ところが十年、二十年、三十年と年を経るごとに箍が緩んできたのか、「そこまできちんとしなくても正月は来る」などと思うようになり、掃除を少し念入りにするだけ。新年の新しい服なども用意しない。「おせち」も必要最小限度作るだけとなった。最近、豪勢な「おせち」を買う人が増えてきてわたしも少し食指が動いている。そしてますます箍が緩む。

氷

四国生まれのわたしにとって、「氷」とは夏場のかき氷や魚を入れたトロ箱いっぱいの氷。それと物語の中に出てくる池に張った氷の上でのスケートなど。このスケートは、まだ日本ではスケートリンクのなかっただろう時代だから、小説の中の主人公をおもいっきり想像を膨らませて憧れていた。そして今でもテレビでのアイススケート大会を、もう三十何年、欠かさず観戦して憧れは続いている。

昭和二、三十年代の田舎の道路は舗装された所が少なく、わたしの学校へ通う道路は車の轍が二本続く凸凹路だった。まだ自家用車など持つ家も少なく、作業用のトラックが走るばかりだったから、道路の真ん中や両端は雑草だらけだった。登校のときはひたすら始業時間に間に合うよう歩いたが、下校のときは草と草を繋いで悪戯っ子の足を引っ掛けるようにしたり、蛙やバッタを追っかけたり、桑の実や虎杖を食べたり、名も知らない草花や虫たちと遊んで季節ごとの道草を楽しんだ。そのころの冬、雨水がたまった轍の凹みにうっすらと氷が張っているのを見つけると、しゃがみこんで撫でたり踏んづけたり、壊した氷を手にして厚さを計ったり、陽にかざしたり、人や周りの景色の歪みを氷越しに見て楽しんだりして遅刻しそうになったりした。

先年、冬の諏訪湖に行った。新聞社に勤めるO氏とのドライブで、サービスエリアから諏訪湖を見下ろし「戦時中はこの湖が飛行場になっていたそうです。ぼくらもスケートをしましたよ。最近は氷が薄くなってしまってスケートも出来ないのですが」との説明を聞いたときは驚き、飛行機の重さに耐えることの出来る氷を想像するのは難しかった。そして、南極や知床まで行かなくても、ここでそんな氷が見られるのだと思うと嬉しくなった。そんな氷を見たいとも思った。それから湖に沿って周りをドライブした。

突然O氏はバックをして車を止めて降り、歩きながら湖を見て手招きを始めた。近付くと「たぶんあれは御神渡り（おみわたり）ですよ」とのこと。薄く氷が張っていたが十四、五センチばかりの高さで氷が競り上がり、対岸に向かって続いている。「少しですが、間違いないと思います」と写真をパチリ。翌日の新聞にその記事が紙面を飾ったのは言うまでもない。貴重な氷を見た。

陶芸

「土はいくら使ってもいいです。作っていて分からないことがあれば質問してください」という言葉で陶芸教室は始まった。七キロの筒状になった土を適当に切り取り、手元に置いたがそれをどう扱えばいいのか分からない。それを見ていた先生は「お皿だったら、土を丸くして手で叩きながら形にしてください」。その言葉で三十人くらいは居ただろうか、みんなで一斉に土を叩き出したものだからホテルの係の人に「何事が始まった？」と不振がられた。興味のあった陶芸だが、造りたいもののイメージが明確でないまま教室に行き、土の扱い方はもちろん作品を作っている場面も見たことがなく全くゼロからのスタートだった。

わたしたちの先生は備前焼の師・藤原雄先生の内弟子として修行をした人で、師の身の回りから掃除、洗濯、食事の支度をし、焼き物については師の仕事を盗み見をして基礎から覚えた人で、土に触ることが出来たのは均等な土の塊を何十個も作って乾かないようにすることから。轆轤の周りや道具、作業台を掃除し、そのバケツの水から土を作ることなどから始められたそうだ。だから「土はいくら使ってもいいから土は大切にしてください。雑巾の搾り汁も捨てないで。持って帰りますから。焼き物に使える土には限りがあり、このような土にするには大変な時間と労力がかかっているのですから」としつこく言われた。そしてポリタンクに入れた掃除の水の上澄みを捨て、沈殿した泥水を車に乗せて備前まで帰られた。そうして始まった教室だが先生も人に教えるのは初めて。新しい教室だからモデルになる作品があるでもなく「先生が作って見せていただけませんか」と注文。分からないことがあれば質問をと言われても、その質問することがわからない。いきなり「轆轤も使ってください」と轆轤の使い方を教えてもらうが、使い始めると服も床も顔も周りは泥だらけで子どもの遊び場のよう。無心に土と格闘し遊んだ。

「ずっと登り窯で焼いていたので、この教室を始めるにあたってみんなの作品を焼くために電気窯を買いました」ということで、先生も生徒も初めての作品が焼き上がってきたのだが、その作品のあまりにもみじめなこと。皿は空気が入って瘤がありガタガタと座りが悪い。ペン立てはまるで〝象の脚〟のよう。先生も「初めて電気窯で焼いたので焼き方、ちょっと失敗してしまった」と弁解されたが、それは間違いなく未熟な作品のせいだった。そして〝象の脚のペン立て〟はわたしの机の上で「日々の反省物」として机の上で使った。

備前焼の焼き締めの色に魅せられて始めた陶芸だったが、釉薬を掛けた焼き物もしたくなりそれも始めた。だがこれは形だけではなく釉薬の緻密な計算が必要だった。形もきちんとスケッチをして物の本質を知ることなどが必要だと分かり始めたのはずっと後のことで、いつでも感覚で物を作ってきた。だんだん限界を感じるようになり止めてしまったが、土に触り、遊んだことはわたしの貴重で充実した時間だった。

車

車の免許を習得して今年で二十九年目に入った。駐車違反やスピード違反などはあったが大きな事故もなくきた。日本の各地をレンタル車で走ったりもする。自分の車だといいが、あいにく運転するのはわたしだけなので出かけた先でレンタルする。道に迷ったらそれを楽しむ。最近はナビを付けたのであまり迷うこともないが、迷ったら迷ったで新しい出会いや発見が楽しい。

専業主婦（今も）のわたしは子どもが大学生になったころ、連れ合いは仕事で外ばかり見ているし、どんどん取り残されていく不安に駆られて何かすることを見つけたいと思っていた。ちょうど歩いて行ける所に教習所があり、若いころに取り損ねた車の免許を取ってみようかと思い立った。だいたい年齢ほどの費用がかかると聞いたことがある。大学生を抱えた身にそのゆとりはない。でも「お母さん、今が一番若いんだよ」と娘がやる気を起こさせてくれた。そうして習得した免許。家では誰も運転しないから車がなく、運転することを忘れてしまいそうだからと中古車を買った。が、アドバイスしてくれる人もなく一人で運転することの怖いこと。疲れること。道筋が判って駐車しやすいスーパーなどの近距離から走り始め、少しずつ少しずつ走行距離を伸ばしていった。

ときどき遠出をするようになったのは十年くらい経って兵庫の山中や淡路島、琵琶湖のまわりなどから。いつも走りながら「もう少し行くと○○があるよ、もう少し行こう」と連れ合いが言うから「ええっ！」と言いながらも走った。だいたい行き当たりばったりの気まぐれなドライブが多い。B型とO型の夫婦だからだろうか、そんなドライブをしていたら「全国の動物園の河馬を見に行こう」と言い出し、わたしも旅行を兼ねて同行することにした。沖縄も北海道もサファリーパークの中も運転した。

動物園の旅は終わったが、先日、札幌から雪の羊蹄山を一周した。最初は有島記念館へ行こうとナビを設定したのだが、近くになっているのにどうしても辿り着けない。標識も聞く人もいない。諦めてここまで来たのだから目の前に聳える羊蹄山を見ながら一周しようと決めた。わたしたちはこんな旅を楽しむ。

今年、高齢者講習を受けた。無事クリアしたがあと何年かすると運転を辞めなければいけない。この運転することの楽しさ、快適さをすんなりと辞めることが出来るだろうか。そんな思いがかすかに頭を巡っている。

時計

我が家には台所に二個、リビングに三個、和室に二個、寝室に三個、連れ合いの部屋に一個、わたしの部屋に一個、二つのトイレに一個ずつの掛け時計、置時計が十四個もある。時計の収集を趣味としているわけでもなく自分で買ったのは三個しかない。トイレの時計には「どうして時計が…」と来客に不思議がられたりする。時間に追われている暮らしではないが、そこへ行ったとき「今、何時だろう」と思い確認してからその後の行動を考えるのでわたしにとってそこに置くのは不思議なことではない。でも二人暮らしの我が家にはどう考えてもこの数はいらないとは思う。因みにレトロな日本の掛け時計もあったが、これは娘の家にプレゼントした。

記念品とかプレゼントとか引き出物などに時計は格好の品であるらしい。立派で重い石の時計やガラスの時計、キラキラくるくる回る金ぴかの時計、いろいろあるがこの数だから電池切れで止まっているのもいくつかある。出かけようとするとき一番役に立つのは、正確なテレビとアイパットの文字盤だから不便ではない。記念品の時計にはそれぞれに送り主の名前が書いてあり処分はしにくい。だから一部屋に三個の時計ということになり時計は時計の役目を果たさず飾り物になっている。

近年、終活とか断捨離とかで身辺整理をすることが話題になっているが、わたしの断捨離は遅々として進まない。この時計もしかり。壊れもしないのでいい方法は見つかるだろうか。

父のこと

手元に四冊の冊子がある。父と九名の仲間が「日土史談会」を一九八二年に発足し発行したもの。『森山新四国とその周辺』のあとがきで父は、

地元の人々が汗して産んだ文化でありながら、とかく忘れがちでありま す。日土史談会に所属する私は、足元の歴史が消えていくことに淋しさを感じ、これを書き残すことが永年の宿題でありました。ようやくその機会に恵まれ、まがりなりにも上梓のはこびとなり、この上ない喜びであります。

と書いている。「新四国」とは四国八十八か所の霊場が、室町末期から江戸初期に固定されたが、当時は「生死一如」の旅であり、危険で誰もが巡礼に出られなかったものを誰でも行けるようにコンパクトに設けられたもの。『日土を歩く』は愛

媛新聞で三十五回に渡って皆で発表したものを纏めたもの。

現地を歩いて歴史を掘り起こし、求めた文献と重ね合わせたり、納得できる歴史の証を得てきたのです。先人は四季の巡りに合わせて種をまき、実りを得て天地に感謝する生産活動を繰り返し、ある年は豊作に喜び、ある年は風雪にさいなまれながら、涙のあとの喜びを信じて築いてきたのです。その跡をたどりますと、勇敢で不撓の生産魂を感じます。

との冊子で書く。

愛媛の農家の五人姉弟の長男として生まれた父は、真面目な努力家だった。自宅から四十キロほどにある農学校時代、寮に入っていたが消灯時間が過ぎると布団の中に懐中電灯を持ちこみ本を読んだり、勉強をしていたらしい。三十代では村会議員、町村合併のあとは農協の役員や民生委員など農業の傍ら地域の人たちの相談役をしていた。口数は少ないが人々から信頼されていたようだ。

子どもたちが巣立った六十六歳のころ「史談会」を起ち上げた。わたしが帰省すると母は「このごろお父さんは史談会に夢中で、楽しそうだよ」と言っていた。その時のわたしは「そう、楽しいことが出来てよかったね」という程度であまり関心がなかった。年を経るごとに一冊、また一冊と冊子ができ、その都度目は通していたのだが、昔は大変だったのだなあと思うくらいで少しも頭に入らなかった。だが最近、なぜかわたしが父と同じようなことをしているのに気づいた。父たちには及ばないが崩し字の本を読んだりしているからだ。そして今のわたしだったら、もっと父と話が出来ただろうにと。

四冊目の冊子が出来上がったのは七十九歳。毎月の例会や探索、資料集め、江戸時代の資料をひも解き、ときには議論で夜明けまで仲間と過ごしたという。何かと不便な所だが、出掛けるときはバイクで走りそれなりに豊かな老後だったのではと思う。わたしはまだ父の過ごした老後の時間の途中だが負けてるなあとも。

「代々受け継いできた土地を次の世代に繋いでゆくようにするのが、わたしの役目だ」と言って憚らなかった父は、典型的な日本の農家の人だったと思う。

二〇一二年一月、九十六歳で父は逝った。山の中の火葬場は深い霧に包まれ、火葬されたお骨は真っ白で標本のようにきれいだった。喉仏はほんとうに仏様の形でお骨の一番上に鎮座した。代々の四十三基が並ぶひとつとして眠っている。

☆一週間日記（二〇一六年）

二月二十一日（日）晴れ　京都・妙満寺の「雪の会」に参加するので十一時半に家を出た。少し風が冷たい。バス停までは広大な墓地公園の真ん中の道路を通るのが一番の近道で、国道を渡って停留所だから信号待ちをしていたら目の前を目的のバスが…。車で出直そうかと思案したが、バス停の傍の気になっていた「男のらぁめん」で昼食をとることにした。ここは「男盛りも逆境も乗り越え…」、「スープも男も濃くが男道…」、「苦しい時こそ顔と箸を上げろ…」と九条の能書きを表に掲げていて避けていた店。塩ラーメンを注文したが塩っ辛くて途中で食べるのを止めてバスに乗った。電車の乗り換えが上手くいかない。国際会館からタクシーに乗って開始時間にセーフ。「雪の会」とはいうが肝心の雪がない。この十年、毎年行くのだが一度も雪に出合えない。俳句も三句作ったがいまひとつの出来。やはり今日のスタートから躓いたからと変に納得した。でも茶菓子の桜餅と蓬餅は美味しかったし、二次会ではビールとワインを一杯ずつ料理も美味しかった。ことにカツサンドが美味。まあ恙なし。

二月二十二日（月）曇り　六時半起床。朝食、新聞三紙、テレビいつもの流れ。昨夜した洗濯物を干す。午後、コピー機を新しくしたので契約書とトナーを受け取る。

二月二十三日（火）晴れ　連れ合いの「百冊出版記念会」の祝を東京の出版社がして下さるというので、神保町へ二時ごろ着く。パーティには六十人ほどの人が集まって下さり三宅さん、ほてるさんの軽妙な司会で和やかに夜が更ける。二次会では船団名物となった句相撲で盛り上がった。

二月二十四日（水）曇り　曇っていて冷たい。東京のホテルを出て横浜の県立神奈川近代文学館へ行く。富士川英郎展を見た。そこの「港の見える丘公園」からは港に高速道路の橋が何本も架かっていて楽しめない。「神戸の方がきれいね」とどうしても見比べてしまう。時間があるので歩いて中華街へ行く。尋ね歩いてお目当ての聘珍樓で昼食。山下公園の「赤い靴の女の子」の銅像を見ながらレンガ倉庫へ。ここは若い人たちばかりでわたしたちは部外者という感じ。みなとみらい地区のホテルでティータイム。あとは新幹線で八時半帰宅。今日は一万五千三百三十一歩も歩いていた。

二月二十五日（木）晴れ　確定申告の日。一年分の書類など持って税理士さんの所へ、やっと春を迎えられる。

二月二十六日（金）曇り　日常を外回りの日、デスクワークの日とすこし恰好をつけてこなしている。今日は外回りで銀行や郵便局、買い物など六ヶ所ばかり車で動く。夜テレビで「八日目の蝉」の映画を見て泣いてしまった。感動はしてもすぐ眠れた。

二月二十七日（土）曇り　洗濯物を洗濯機にセットしてシャツ三枚、ズボン二本、ハンカチ七枚をアイロンがけしたところで、宮崎に行くという連れ合いを伊丹空港まで送った。帰って洗濯物を干し再びシャツ七枚をアイロンがけ。やっと少しずつ部屋が片付き、ＣＤやラジオを聞きながらゆったりと過ごす。わたしはアイロンがけが苦手だが、ボリューム高めの音楽が助けてくれる。

冬銀河

山に雪醤油おかきの三枚目

崩し字の筆跡なぞる窓に雪

骨付きのチキン頬張る初時雨

ダンボール叩けばへこむ冬が来て

冬木立地球のでこぼこぼこ歩く

冴え返る木の階段の黒光り

焼き芋を抱けばみんなが振り返る

振り向けば冬銀河行き零ホーム

カーナビに少し逆らう十二月

冬うらら坂の途中にある暮らし

山盛りの泡で洗顔冬銀河

裸木のぐーんと根っこ空へ空

小雪小雪新体操の少女たち

着膨れて齧り足りない固煎餅

わたしの十句

さくら咲くジャコ天齧るわたしたち

一枚五円のジャコ天、一本二十円の蒲鉾はもっともポピュラーな食べ物で、漁港が近くにあり店頭に並ばない新鮮な魚たちが安く加工された。そんなジャコ天を一枚、二枚買って齧りながら家路に向かう男たち。歩きながら誰はばかることなく、くちゃくちゃ齧る。年頃だったわたしはそんな男の傍を通るのはちょっと苦手だった。

そのジャコ天があるころから、色白になってデパートの食品売り場に鎮座するようになった。ジャコ天はもともと魚の骨も皮も身も全部捨てることなくすり身にされて添加物もなく揚げられたもので、色は黒っぽくて見かけは悪かったが味は良かった。でも今では街の人たちに気に入られるよう色白のジャコ天に変わった。蒲鉾もゴムのような口当たりになって値段も高くなった。でもわたしは昔のような色黒で口当たりのやさしいジャコ天や蒲鉾を求める。美味しいものは厚化粧をしない。

飛花落花通勤電車さようなら

たとえば、駅のホームに桜の木があって、電車が通るたびハラハラと桜の花びらが散る光景を思う。因みに近くの桜井という阪急電車の駅のホームにはかつて古い桜の木があり、人はその木を避けながらホームを利用していた。

わたしが通勤していたわけではなく、連れ合いが飛花落花のころ定年退職して電車通勤に終わりを告げたのだった。わたしは車でその送り迎えをしていただけ。人の暮らしは始まりや終わりも桜の花の下で繰り返される。それが日本の人たちの共通感覚だろう。

なんということもないが確実に私たちの光景でもある。

春野ですあの人この人遅刻です

春野では集合時間を決めていても、あの児もこの児も、あの人もこの人もみんなで遅刻。わたしだってさっさと動き人に迷惑をかけないで歩くのが好きだけど、春野では草や木や花や虫や小川や雲やいっぱい道草が出来る理由がある。雲を眺めていると眠気に誘われることだってある。春野とはそんな場所。このときは「うららかや大の字に寝て山の天辺」という句も作った。春野では摘み草どろぼうだって許される？

生家訪う行きも帰りも春の海

生まれは愛媛。暮らしているのは大阪だから、生家に帰るのはどうしても海を渡らなければならない。天気のよい時は飛行機も列車も気持ちよく乗れるが、いったん台風や霧が出ると四国は孤島となる。北海道も九州も海底トンネルがあるから行き来が寸断されることはない。日本列島の中でも四国は新幹線がないからとても時間がかかる。岡山からアンパンマン列車に乗って瀬戸内海沿岸を走るとどっぷり田舎時間を味わえて、ちんまりとした南瓜顔の母に会える。親はもう一人だけになってしまったが、そうした時間はあとどれほど残されているだろう。春の海は瀬戸内海のたぷんとした海だ。

青葉風屋根の大きな家を買う

日本の古い家屋は概して建物に対して屋根が大きい。それは庇があるからだが、雨の多い日本では庇の大きさが役立つ。軒先で雨宿りをしたり洗濯物を干したり、汚れを気にしなくてもいい作業が出来た。部屋に入る西日を遮り、少々の雨の日も窓を開けていられる。ときにはカーポートの役目をする。

わたしは輸入住宅に住んでいるが庇のほとんどないのが入居当初からの不満だった。〝家を建てるなら三回、建て直さなければ満足のいく家にならない〟とは昔から言われていた。が、建売住宅を二回買っただけで注文建築とはいかない。子どものころから住宅の設計図を見ることが好きだったから、今でもチラシ広告にある設計図など飽きることなく見ている。見ているだけでも楽しい。屋根の大きな家は憧れのままだ。

あのころへ行こうサイダーのシュワッシュワ

懐古的になってはいけない、と思うのだがサイダーのシュワシュワ感はやはり若さに繋がる。炭酸飲料はあまり好きではないが、ひどい暑さの中でのあの咽喉ごしは、少々むせ返りながらも一瞬にして暑さを忘れさせてくれる。だが、このむせ返りが曲者で年を重ねると呑みこむ力が弱っていて命取りにもなりかねない。先日、胃の検査でバリウムを飲んだのだが「ゲップをしないで飲む」というのを上手く出来なくて「水が欲しい」と頼んでみたが、ダメと言われて目を白黒させてしまった。

あのころへ行こうではなく、あの世へ行こうの寸前だったかも。

おーい雲一生いっしょ牛膝(いのこずち)

近所の公園に家にある斑入りのススキを株分けして植えたら、すくすく育って大株になった。でもその傍にもともとあったヌスビトハギも繁殖してしまい花はピンクでかわいいので楽しみ、種になる前に刈り取ろうと思ったのだが油断していて時期を逃し、種をいっぱいつけたまま刈り取った。その種がパンツもシャツも、靴も帽子もタオルも手袋も、髪の毛までビッシリとくっ付き、全部脱ぎ捨てようかと思うほど見事にくっ付いた。その種を取るのにヌスビトハギを刈り取るより倍以上の時間がかかってしまった。イノコズチもしかり。犬の散歩で草叢を歩くとその毛にくっ付き取り去るのに苦労した。青空に雲の流れるゆったりした日はそうしたことも許せそう。

生きってこの百歳の南瓜顔

百歳、あるいは百歳近く生きている人の顔はニコニコとした笑顔や皺の多さやシミもステキで、なんとなくほっこりとした南瓜のようにわたしには見える。かつて「金さん、銀さん」の双子の姉妹の愛らしさが世の中を席巻したが、あの笑顔はわたしたちを楽しいもの、希望のある老後にしてくれた。わたしの母は九十七歳で施設に入っているが穏やかに暮らしている。会えば誰が来たのかが分かり、なんども同じことを繰り返して苦笑させられるが、ニコニコして「なんの心配もないよ、幸せだよ」という。ほんとによく働いて親を看取り、九十六歳で亡くなった夫を見送り、いまこの穏やかな顔があると思うとわたしも幸せになった。

十人の雑魚寝の男女十三夜

日本海に近い山の上にある大学のセミナーハウスで、久しぶりに十人で雑魚寝をした。マイクロバスの旅で出石、城崎、和田山へのコース。そこは人里から離れているが、大学の関係者が居てセミナーハウスがうまく利用できた。

出石で蕎麦を食べ城崎で温泉に入り山の上へ。ときは十三夜。街灯がないから樹木の暗闇を手を繋いだりしてみんなで歩き、ゴルフ場で月を眺めた。静かな山の上で見る月は格別なものだった。そして雑魚寝。女性と男性と襖一枚で別れて寝たのだが、鼾はもちろん咳や寝言、寝返りの音などで眠れない。やはり雑魚寝は辛かった。だが翌朝、早起きをした誰かが野菊を採ってきてテーブルに活けてあった。それから和田山の天空の城へ行く。ドラマの舞台に使われる前だったから人も少なく、霧の代わりに雲がかかり石垣だけの古城を堪能したのだった。

ダンボール叩けばへこむ冬が来て

ダンボールや空き箱を廃品回収やゴミとして出すには、潰してコンパクトにしなければ回収してもらえない。だがこのダンボールや箱、少々叩いても踏んづけても潰れてくれない。今の年齢だとまだ気合を入れて取り掛かれば何とかなるが、この先十年、二十年先となればどうしたものか。今から心配しても仕方がないのだが、片付けても片付けても日々、ダンボールや箱が溜まっていく現状に戸惑うこともある。

なんでも叩いていればへこむことはへこむ。今のわたしはまだ、へこましたままで放置ができない。独りよがりでも身の回りはスッキリしていたい。

そのうち冬も来るだろう。

あとがき

「緑の丘の赤い屋根　とんがり帽子の時計台　鐘が鳴りますキンコンカンメイメイ仔山羊が啼いてます……」という童謡があった。

丘の上の赤い屋根、そこでキンコンカンと鳴る時計台の鐘は、鼠色の瓦の屋根、お寺のゴーンという鐘しか知らなかったわたしにとって、ラジオから流れてくる歌は憧れそのものだった。そして精一杯空想した。このラジオと小学生用の雑誌や絵本、月ごとにある学校での映画鑑賞で、ニュースと動植物の観察、教育映画、ディズニーのアニメ映画を見ることでわたしは世界を知った。幸せというか価値観が変わっていく時代の移り変わりを体現しながら成長した。

「足元の歴史が消えていくことに淋しさを感じ、これを書き残すことが永年の宿題でありました。」と書いたのはわたしの父ですが、ここに書いたエッセーは、少しだけこれに似ているかもしれない。片田舎に生まれ、これと言った賞罰もなくごく平凡に生きてきた日常を書き留めてみました。

　俳句は『おーい雲』後の百二句を収録。エッセーはおもにe船団の「今週の季語」に加筆したり、新しく書き加えた。時系列が多々合わない個所もあるけれどそのままとし、カルチャー教室での課題だった一週間日記も入れた。これを纏めるうちに、書くことで自分の体験してきた諸々がより鮮明になっていき、これもひとつの終活かなと思ったりもした。

　拙いエッセーですが、すこしでもお目に留めていただけることがあれば嬉しく、このシリーズに参加出来たことを幸せに思います。創風社出版の大早様ご夫妻、ネンテンさん、俳句仲間の皆さん、ありがとうございました。

二〇一七年　芽吹きのころ

陽山道子

著者略歴

陽山 道子（ひやま みちこ）

1944年　愛媛県生
2002年　MICOAISA、船団入会
2012年　第一句集『おーい雲』

住所　562-0033
箕面市今宮 3-6-17　坪内方

俳句とエッセー　犬のいた日

2017年4月10日発行　　定価*本体1400円＋税

著　者　　陽山　道子
発行者　　大早　友章
発行所　　創風社出版

〒791-8068 愛媛県松山市みどりヶ丘9－8
TEL.089-953-3153 FAX.089-953-3103
振替 01630-7-14660 http://www.soufusha.jp/

印刷　㈱松栄印刷所　　製本　㈱永木製本

ISBN 978-4-86037-246-0